詩集

不滅の女

原 章二

わたしの耳は貝の殻
海の響きを懐かしむ
——ジャン・コクトー

きみの瞳は深い湖《うみ》
山の音にも愕かず
——読み人しらず

目次

不滅の女

滑落死の夢

突然死に瀕すると
全生涯が一瞬にして
パノラマのように展開するのを見るという
昔の登山家の証言があるだけでなく
現代の登山家もそう言っている
滑落の最中に記憶力が異様に昂揚し
何もかもが思い出されるという
見えないものが見え
聞こえないものが聞こえるのではない

いつでもそこに犇めいるものが
識閾を越えてあふれ出すのだ
過去のすべてが一望のもとに
起きた順序で見渡されるのだ
変えられない過去の回帰をよろこぶのは
生を肯定することだと哲学破壊者ニーチェはいう
死に瀕する人の見る過去のパノラマ的光景は
未来の閉鎖に起因すると知の野生人ベルクソンはいう
未来にたよる人が末人なのか
未来のない人が末人なのか
ぼくにはもうわからない
きみが逝って時が絶え
過去の切れ端が断崖に吹きつける
これがパノラマ的光景でないからには

ぼくは死を免れているのだろう
岩壁にへばりつき足もとを覗いていると
「この手につかまりなさい
下ばかりを見ていてはだめ
わたしの所へあがって来て
咲く花を見にいらっしゃい」というきみの声
ぼくは断崖の上に這いのぼり
山頂にひろがる池塘《ちとう》を縫い
きみの咲かせる花を愛で
遠い紫の山並みを目指して
午後の陽の傾くなかを山小屋へ向かって歩いている
これが未来なのか過去なのか
ぼくにはもうわからない
ぼくは時の熟することだけを願っている

＊注　「哲学破壊者ニーチェ」については言わずもがなですが、ベルクソンを「書斎における野生人」と評したのはレヴィ・ストロースです（『今日のトーテミズム』参照）。

「パノラマ的光景」については拙訳ベルクソン『精神のエネルギー』（平凡社ライブラリー）の事項索引を参照して下さい。

いつまでいのちが

きみの一周忌が過ぎて
ぼくはあと何日あと何年生きるだろう
間もなく死にそうな気もするが
何年も生き延びていそうな気もする
父は母が死んで二年しか生きなかった
「死にそうな気がまるでしない
いつまで生きるか分からない」と言いながら
酒を呑んだ翌朝ひとりで
温泉の湯のなかに浮かんでいた

ぼくがとても嫌なのは
死んだきみと歳の離れていくことだ
ぼくたちは同じ年の生まれ
ふたりで共に生きてきた
たくさんの旅をして
たくさんの絵を観て
たくさんの音楽を聴き
たくさんの物語をふたりで創りふたりで読んだ
それなのにぼくひとりが長生きしたら
きみと再会するときにどうなるのか
誰もそれを教えてくれない
きみは七十歳で逝ったけれど
病気で体力を失っていたはずなのに
ぼくと一緒に八ヶ岳に登った

ぼくが八十歳を越えて生き
きみと十歳も離れて死んだら
再会するときにどうなるのか
魂に歳はあるのか
これがぼくでそれがきみだと
ぼくたちに分かるのだろうか
愚劣な心配をするなと唯物論者は言う
死んだらカルシウムになるだけだ
けれどもぼくは毎日きみと話しながら
山蔭の道を風に吹かれて歩いている
吹く風は歳を取らず
吹かれるものだけが歳をとる
きみは風に溶けこんだ精霊だ
ぼくは風に吹かれる老木だ

けれども老木も春の朝には再生する
春風のなかのきみと出会えば
ぼくも取った歳の分だけ若返る
「すぐに見つけてあげるから大丈夫」
風に溶けこんだきみに押されて
ぼくは今日もまた山蔭の道を歩いている

南天

きみの小さな骨壺の横の花瓶に
ぼくは南天の枝を飾った
農園のおばさんが
きみのために手折ってくれた
赤い実が冬の部屋を彩って
遅い春の訪れを耐えさせた
南天の実の枯れて落ちるその前に
ぼくはおばさんに報告しよう
春の訪れを待ち切れず

古い言葉で新しい布を織りましたと

＊注　「南天」はメギ科の常緑低木で初夏、円錐花序に白い小花をつけ、小球形の実が晩秋から冬にかけて赤く熟す。

結婚式

きみは純白のウェディングドレス
ぼくは燕尾服でめかし込み
行われなかった結婚式をするだろう
紛失したレコードが見つかるだろう
習わなかったダンスのステップを踏んで
ぼくらは丘の上の式場に辿りつく
忘れられていたメロディーに誘われて
父母が空のカーテンを開けて覗いている
死んだ女たちが歌っている

男たちはどこへ行ったのか
生まれなかった子どもたちが訴えている
時間を持ち去らないで欲しいと
ぼくらは行われなかった結婚式に
すべての人を招待するだろう

不滅の女

きみは脆くて
しかも不滅の女だ
膝の上にやさしく手を揃えて
ぼくのこころを蕩かす野性の女だ
きみの肌は歳月を経ていよいよ輝き
闇のなかに匂い立つ
きみは森の中をさまよい歩き
来たるべき死を思い
覗ける空の青を愛し

流れのほとりに佇んで
沈黙の言葉で恋を語らう
森で見つけたぼくを飼い馴らし
一人前の男に仕上げ
井戸を掘り
異国の泉と通わせて
優雅なレースを脱ぎ捨てて
秘密の愛を岩山の上で曝し
歓びの唄をうたうのだ
きみはいのちの代名詞だ

春を待ちつつ

二階の部屋の小さな机に坐り
冬枯れの木々の間から覗ける渓流を遡ると
五日市アルプスときみが戯れに呼んだ峰々が
小さな屏風のように連なってぼくを誘う
西空の遠い彼方の旧友に
便りを出そうとしていたぼくの耳に
階段から軽やかな音が伝わってくる
誰かの上がってくる気配がする
それがきみならどんなに自然なことだろう

きみは少しだけ息を切らして
「お待ちどうさま
お茶でも淹れましょうか」と
いつものように頬笑んで
部屋に漲る冬の光の眩しさに一瞬
微かに目を閉じるだろう
家の中はきみのいた時のまま
時間だけが流れていった
きみが春とともに戻ることを
はじめての腰痛をかばいながら
ここに坐って待っていると
どんな不思議も不思議ではない
不思議なのはむしろ
きみの跫音にぼくの驚いていることのほうだ

こころの中の光と影

輝かしい日々が何のしるしも地上に残さず
こころの中だけに光と影があふれて
それを辿ってぼくが昔の土地を訪れると
街は無残にも崩れ落ち
激しく牙を剥いて襲いかかる
ぼくはそんな街から逃げ出して
川沿いの巨木の蔭に身を隠し
覗くと川はほとんどそれと知られぬ動きで
容赦なく不可逆な時のなかを一方向に流れている

鳥が川上に向かって飛んでゆくのは
ぼくのこころが同じように飛べないのを
あざ笑うためなのか
きみが若い姿のまま静かな歓びに打たれて
川下に向かって歩いていくのを
ぼくは見送っているだけでいいのだろうか
日が斜めに傾いて
木々の間にちりを浮遊させているのを
眺めているだけでいいのだろうか
思い出に打ちのめされず
川下に新しい土地を開こうと願わぬかぎり
輝かしかった日々の記憶を歌うだけでは
街が再建されることはないだろう

白い帆布のパラソルの下で

川に向かって突き出た庭のテラスに
きみは手作りのテーブルを置き
白い帆布のパラソルの下で日差しを避け
澄んだ空気に包まれて坐っていた
夏の日々にぼくらは朝も昼も
夕べにもお茶を飲んだ
時は微かにふるえながら
どこへも飛び去らず
ぼくらの内部に吸いこまれて

誰の目にも留まらずに
足もとから芝生の上にゆるやかに流れ
花々の間に休らって
現在のありさまを回想していた
花々のささやきが伝わると
きみは一瞬かすかにふるえて
ぼくの顔を覗きこみ
それからふっと息を吐き
「いつかこんなときがあったわね」と
花々が送り返してくれた時をふたたび
手でそっと包んでぼくに渡してくれた
ぼくがはっきりこの目で見たその時間は
いまも夏の日の思い出の中にある
暑さが和らぎ木蔭がくっきりと

芝生の上にしるしをつけたそのとき
ぼくは読んでいた本の中に
きみの姿を見出して
失われたふたりの時間を取り戻した

空っぽのベッド

どうしてきみのいないことを認めないのか
ぼくらのベッドは空っぽだ
きみの枕があるだけだ
きみは先に逝ったのだ
ぼくは道を前方に見つけるべきだ
予感におののき
風の運んで来るものに
風の吹いて来るその先に
こころばかりではなくからだも向けて

自分を信じて進むべきだ
新しい光の差し染めるのが
海の向こうからなのか
山の彼方かからなのか
ぼくは知らない
けれどもその時が訪れることは確かなのだ
気がつけばきみもぼくの傍らにいて
「さあ、また旅に出ましょう」と
ぼくを誘ってくれているのだ

一年が経って

ぼくのこころの中には
こころの中だけではなく
ぼくの行くどんなところにも
きみの一途な強い愛情が宿っている
二階のぼくたちの寝室にも
きみが最後の病床を置き
「この部屋の感じが好きよ」と言った階下の部屋の
ピアノと壁のリトグラフのあたりにも
庭のマロニエの樹のまわりにも

ふたりで四半世紀歩いた川辺の並木にも
きみの強く優しい愛情が宿っている
ぼくのこころの中には
こころの中だけではなく
ぼくの行くどんなところにも
きみを求めるぼくの思いが漂っている
ぼくたちの山小屋にも
きみが最後まで歩き通し
「この山の姿が好きよ」と言っていた山麓の
野薔薇とヤマボウシの植えられたあたりにも
ふたりで初めて彷徨った
カラマツに囲まれた別荘村の散歩道にも
きみを慕うぼくの思いが漂っている
くっきりとしたきみの愛に対して

ぼくの浮遊する思いはなんだろう
ぼくはなにを怖れているのか
きみがぼくを置いて逝ったのは夜ではなく
不眠の一夜の果ての朝だった
一年後のそのときに
ぼくは時計を見ることができるだろうか
これほどにも早く一年が
苦しみの中に過ぎていった
その苦しみもやがて薄れ
どこまでも続く闇に消えていくというのは
いったい誰の科白なのか

また春がめぐってきて

また春がめぐってきて
菜の花が咲き
女の人が白い帽子をかぶって野で働き
蝶が舞い鳥の啼く季節がやってくる
きみが逝って二度目の春だ
きみといつも歩いた桜の咲く坂道を
最初の春は下りることができなかった
二度目の春には下りることができるだろうか
それにはまず川辺から山裾まで

墓のある寺への道を登らなければならない
それはできる
最初の春にもそれはできた
けれども桜の花の咲く季節に
その坂道を下りることができなかった
ぼくは別の道から引き返した
桜越しにぼくらが四半世紀住んだ町を
ひとりで見おろすことができなかった
思い出の俯瞰など誰ができよう
きみが傍らにいなくて
どんな桜を愛でるというのか
いま立春をまえにして
山裾には雪が凍りついて残っている
ぼくは毎日

春のめぐりを待ちながら
ひとりで転びそうになりながら
桜の咲く季節にこの坂道を下りながら
きみと話すことを怖れつつ夢見ている

スクリーンの向こう

こころの半分が欠けて
残りの半分のスクリーンに
花が咲き
蝶が舞い
風が
ゆったりと流れて
スクリーンの全体が波打っている
きみが動かしているのかと思い
裏側を覗いて見たが

裏側には何もない
「どこにいるの？」と呼びかけても
答えのないことはわかっている
欠けたこころの半分の神秘の森か
乗り越えられないスクリーンの距離の彼方に
きみは隠れている
そのどちらにも
ぼくの残りの半分のこころは入り込めない
それどころか
スクリーンの花や
蝶に吹く風の涼やかさに誘われて
朝の散歩に悲しみを散らして
残りの半分のこころを
自ら慰撫している始末なのだ

今日は雪が

昨日ここへひとりでやって来た
冷たい冬の一日だった
裸の木々の間から山小屋が透けて見えた
玄関のドアを開けると
ほの暗い室内は寒々しく
シャッターを開けて白い光を差し入れると
半月前に花瓶に挿した菊の花が
しおれずに硬くなったまま咲いていた
午後遅く

暗い空から雪が舞いはじめた
翌朝目を覚ますと
庭も林も畑もいちめんの雪景色だ
朝食後すぐに散歩に出かけた
鹿の足跡があちこちに残っていた
間隔の狭いのは子鹿のものだ
山をふり仰いだ
青空に雲が大きく動いた
カラスの大群が空を舞った
ぼくはきみの名を呼んでから
ぼくが先に死に
いま歩いているのはきみだと考えた
まったく変わらないだろう
この朝の純白な雪の中を

きみもぼくのことを考えながら
自分が先に死に
いま歩いているのはぼくだと考えているだろう
昨日きみはひとりでやって来て
冬の一日を過ごしたあと
今朝の雪を踏みしめながら
ぼくのことを考えて
山をふり仰いでいるだろう
どちらが先に死んでも
この雪の冷たさに変わりはない

夕暮れ近くになって

夕暮れ近くになって
いっそう蒼さを増した空に誘われて
ぼくは村の市場へ買い物に出た
風がやんで
寒さが忍び寄ってきた
なにか忘れ物をした気がして
ぼくは後ろをふりかえった
何千年前にも
そのようにした男がいた

何千年前にも
男にそのようにさせた女がいた
かすれゆく記憶の中で
空に色を吸い取られた白い道を
男は女を探して歩いた
蒼さをいっそう増した夕暮れ前の空は
いつだってそうした蒼さのなかに
ずっと以前に会ったはずの
男と女を誘い出すにちがいない

対話

人類三十万年の歴史で
対話が始まったのは五万年くらい前からだという
きみとぼくの対話は五十五年前に始まった
彼と対話する
彼女と対話する
そのとたん
彼女と彼はきみとぼくになり
ぼくたちになり
ぼくたちは手をつなぎ

見知らぬ土地に向かって歩き出す
そこがぼくたちの土地であり
そこを耕すのがぼくたちの仕事だ
ぼくたちは仕事をしながら対話する
いやそうではない
対話がぼくたちの仕事なのだ
対話はぼくたちを変えてゆく
きみはふり向いて頬笑みかける
ぼくは汗をぬぐってきみに答える
新しい日々が始まる
五万年前から始まっていた対話の日々だ

ノクターン

きみが夕食の仕度をするころ
ぼくがショパンのノクターンを聴きはじめると
きみはいつだって笑っていた
ぼくが弾ければよいのだが
名演奏でなければ夕食が台無しだ
ぼくはいま夜になって
ノクターンをひとりで聴いて
きみの笑みを思い出す
いくつもの町を抜け
いくつもの夜を過ごし

くらやみの底から這い出して
光の中を歩んだのは
夢であったのかと目をこすり
ノクターンに耳を傾け
きみと出会う前に聴いていた昔のレコードの
ジャケット写真のピアニストと聴き手の女に
ぼくは激しく嫉妬する
夜の町から帰ったきみとぼくも
ひっそりと言葉を交わしたら
ジャケットの中に入り込むべきだったのだ
いつか誰かが新しくノクターンを聴くたびに
むかし夕食の仕度をするころ
ノクターンを聴いていた男女がいたと
思い出すことができるように

花の未来

花が萎れて枯れたあとに
人はどうすればよいのだろう
季節が巡りくるならば
種子と水と土のことを考えていればよい
もっとよい花のことを考えて
枯れた花のことは忘れてもいい
だがぼくはきみを忘れない
きみはぼくの胸の内に名の知らない花を育てた
懐かしい前世の花だ

気がつくと
父母が元気に前を歩いていて
時々ふり向いて
ぼくらに笑いかけてくる
あいつらも自分たちのように愛し合って
自分たちのように親たちの背中を見て
新しい花を胸の内に育てている
花をすでに手中にしていることに気づかずに
明日のことを心配している
そうなのだ
ぼくたちの花はぼくたちの手の中にある
けれどもそれに気づいたときは
父母も隠れ
きみも逝ってしまっていた

季節はすでに死に絶え
天空の星が冷たく瞬き
ぼくの胸を刺し通す光を放っている
ぼくが後ろをふりかえると
子どもたちがばらばらに
虚空を飛んで離れてゆく
ぼくは自分の胸の内の花を抱きしめる
枯れない花を育てるのではなくて
その度毎に咲く花を育てようとして

こころの半分が欠けて

こころの半分が欠けて空洞になると
どうして世界が
こんなにも胸に響くのか
ヴァイオリンやチェロの胴体のようなものさ
欠けて空洞になったところに
世界が入りこんで騒ぐのさ
いやそれはちがう
世界が破裂して
お前の胸に突き刺さるのだ

ほんとうかい
こころの半分が欠けたなら
世界の半分も欠けている
破裂するまでもなく
青ざめて力を失い
哀れなことになっている
同情は禁物だ
いやそれはちがう
こころが全部あったと思っていたとき
お前は豊満に飽いていた
お前は幸せを持てあまし
短調の悲しみに憧れて
友を悲しませて平気だった
こころの半分が欠けたいま

お前はようやく
亡くしたものに気がついて
世界の不在の姿に目を開いたのだ

深い湖と山の音

ジャン・コクトーがうたっていた
「わたしの耳は貝の殻
海の響きを懐かしむ」
読み人しらずがうたっている
「きみの瞳は深い湖《うみ》
山の音にも愕かず」
きみのことが悲しまれるのは
きみのことを悲しむ人間がいるからだ
きみ自身は悲しみもなく

ぼくの悲しみだけを思いやり
仕方がなしに頬笑んでいた
慰められない悲しみは追放せよ
ぼくがきみのところへ逝くときに
ぼくの悲しみは止むだろう
けれどもそのときは
ぼくの歓びも止むだろう
ぼくらが地上で幸せだったのは罪なのか
けれども歓びは罪を知らない
光の射す大地にあって
額に手を翳して
なぜこんなに眩しいのかと訝りつつ
それでも目を瞑らずに
湖を見おろす木立の中で

山の音にも愕かず
きみの瞳はしずかに愛を湛えていた

＊注　「ジャン・コクトー」（一八八九－一九六三）の短詩は堀口大学訳を参考にしました。

雪割草

Oさんへ

箱を開けると
新聞紙に丁寧に包まれて
小さな株が六つ入っていた
贈ってくれた人が言っていた
雪割草って知っていますか?
名前しか憶えていなかった
少年時代を忘れたように
ギターを弾くのを忘れたように
忘れられた雪割草が

赤紫の小さな花を
見せるともなくそっと見せて
新聞紙のなかからあらわれた
かじかんだ手で雪をかき分けて
雪割草に出会ったとき
ぼくはきみを未だ知らなかった
雪割草も蕾を開いていなかった
都会のなかの雪割草
寒い冬がようやく去り
春を迎えつつある庭の
いちばん明るい場所に
ぼくは雪割草を植えてみた
きみのいなくなった家の庭で
雪ではなく

光にうずもれて
ぼくは雪割草と向かい合った

＊注　「雪割草」はサクラソウ科の多年草で、中部以北の高山帯に生えて初夏、紅紫色の五弁花を開く。

いのちの終わり

きみはどうして
ぼくを残して逝ったのか
なぜそんなことができたのか
ぼくはなぜ
きみの逝ったあとに生きているのか
なぜそんなことができるのか
きみはぼくを愛していたのに先に逝った
なぜそんなことがありうるのか
あたりが闇なら我慢もできようが

ぼくにはきみの姿が
こんなに
さっきいたままの姿で見えている
十年二十年前と同じ姿で
ぼくに向かって微笑んでいるきみが見える
すぐそこに
ぼくの横に
ぴったりからだをくっつけて
きみのからだの温かさが
ぼくに生きる歓びを伝えている
それなのにきみの寝床はいま空っぽだ
そこはきみのいたところ
きみしかいなかったところ
ぼくは必死に看病した

きみの横に寝て
きみが苦しんで夜中に起きると
ぼくも同じ苦しみを味わって起き
きみがぼくの赤ん坊のように
きみの食べ物と飲み物の世話をして
それからきみと手をつないで
死の床に一緒に寝た
それなのにぼくだけが取り残されて
きみの死を見ているのだ
なぜ気が狂わなかったのか
なぜ耳元で
「いつも一緒にいるよ」などと
嘘を囁くことができたのか
きみはぼくから離れてしまった

こころが一緒だなどと言っても
ぼくがきみに触れることなどできやしない
きみを抱きしめることなどできやしない
きみを手伝うことなどできやしない
ぼくはなぜ
きみが死んでしまった夜に
遺髪を切り取るなんてことができたのか
翌日もまたきみの隣りに横になり
なぜ眠ることなどできたのか
なぜきみの死んだ翌々日まできみといて
平気できみを火葬場に送り
きみを燃やして
骨など拾うことができたのか
ぼくは人非人だ

きみはそこにいた
きみはぼくのこころのなかにもいるが
そこにもいた
骨となってそこにいた
いまきみはぼくの傍らにおらず
ぼくたち二人の世界は永久に空白だ
決して元に戻らない欠落が口をひらいている

時は癒やさず

時が癒やすと言うひとは
ひとを愛したことがあるのだろうか
時が経てば経つほど
愛するひとの思い出が時のなかにあふれ出る
雪崩れのように押し寄せる
忘れていた思い出が向こうからやってくる
時が癒やすと言うひとは
時を知っているとでも言うつもりなのだろうか
時はいきなり抗いようもなく襲ってくる

時が経てば経つほど
時の喪失が明らかになる
時の傷口が開けてくる
時があらわになってくる
それは時でありながら最早いつもの時ではない
時が癒やすと言うひとは
時のなかで
時とともに
ひとを愛したことがあるのだろうか
絶対ということが
時のなかの愛において
初めて言われることを知らないのだろうか
時が癒やすというひとは
野の草花を

空の雲を
川の流れを
時のなかで愛とともに眺め
佇んだことがあるのだろうか
苦しんだことがあるのだろうか
ちっぽけな悲しみなどと言うひとは
失うちっぽけなものを持ったことがあるのだろうか
時が癒やすと言うひとは
時を計ってばかりいるのではなかろうか
時はそんな人たちの許を去るだろう
だから時は癒やすなどと言えるのだろう
時は癒やさず
時は忘れず
時は愛を教えてくれるとともに

容赦なく愛するひとを奪ってゆく

愛の時

きみはこの五十年幸せだったと妹に言った
愛する幸せを知っていたからだ
ぼくはそのことを知っている
ふたりで語らいながら生きたからだ
ぼくも愛する幸せを知っていた
だがきみはぼくに愛されて幸せだったのか
ぼくの愛し方でよかったのか
ぼくにはそれがわからない
ぼくはきみに愛されて幸せだった

きみの愛し方がよかったのだ
だがぼくは不安だった
どこかに何かずれはないか
ぼくの愛し方ときみの愛し方に
きみの幸せとぼくの幸せに
何か分からないずれはなかったか
けれどもずれがあるのは自然だろう
愛は空間内の一致点に生まれるものではなく
流れる時間の不安のなかに生まれるものなのだから
きみはぼくの人生の花だった
花は時間のなかで蕾を開き
やがて散ってゆく
幸福も時間の経過とともに
やがて萎んでゆく

けれども愛はちがう
春の朝
きみが植えた庭の花を眺めながら
失った幸せを想いながら
時間の流失を感じながら
きみのぼくへの愛を思い
ぼくはきみへの自分の愛の不足に悲しみ
きみとぼくとのずれに苦しみながら
愛はさらにふくらんでゆく

何度でもきみに

何度でもきみに会いたい
きみがぼくと一緒にいないのは不自然だ
ぼくたちは一緒に成長し
高校を一緒にあやうく卒業し
ほんの少し別れて住んでいたときを除き
そのときですら休暇に毎日のように会い
この長くて短い一生を
ほとんどつねにともに過ごした
「過ごした」などと言ったけれども

きみとの一生はまだ過ぎていない
きみはぼくのもとを去ってはいない
けれどもみんなは
きみがもういないと思っている
きみがぼくと一緒にいるのを知らないのだ
ではなぜきみに会いたいとぼくは言うのか
一緒にいるのになぜきみに会えないのか
その疑問はみんながこころとからだの秘密
というより神秘を知らないからだ
こころがからだを
からだがこころを求める
その求め方を知らないからだ
頭で知っているだけなのだ
それでいつもこころでからだを

からだでこころを制御しようと考えている
けれどもからだがふるえてこころがふるえ
こころがふるえてからだがふるえる
一体になったものは見えないのだ
そのときに言葉による区別はいらない
空と海と地の境目がどこにあるのか
わからないのと同じことだ
風が吹き波が寄せ
風と波の境目がわからないのと同じことだ
空が青く海も青く
地が紫に空も紫になり
区別がつかないのと同じことだ
自分の顔は自分に見えない
それはきみの顔でもあるというのに

こんな無用な理窟を言うと
言葉の無用がかえってわかって
ぼくは少しだけ安心する
きみに会ったら
いやもうきみに会っているのだから
言葉なき空にお礼を言おう
沈黙の海に感謝を捧げよう
ぼくらが旅でいつでもそうしていたように
どこまでも続く地に接吻しよう
ぼくらが家でいつもそうしていたように
花や木を育てるのは
地に感謝の接吻をすることだ
それからぼくらはいつものように
川辺を散歩し

流れる水に
泳ぐ魚に
飛ぶ鳥に
お礼を言おう
ぼくらの世界が豊かなのは
ぼくらが世界に感謝するからだ
ぼくがきみにふたたび出会うのは
そうした自然のなかにおいてだ

土地の思い出

ぼくはきみとさまざまな土地を訪れた
思い出すのも困難なほどのたくさんの土地を
川沿いの都市を
海沿いの町を
山の中の村を訪れた
どの町も村もうつくしい
けれども思い出すのはきみのことだ
ぼくはきみの思い出のために目を閉じる
遠い町や村にいるきみを思い出す
遠い時にいるきみを思い出す

ぼくはそこへきみの思い出としか行けない
遠い町や村の遠い時のなかにきみはいる
「わたしたちはいつも一緒よ」
きみはぼくを勇気づけてくれる
どの町や村にも花が咲き
雲が流れ
鳥が囀り
子どもたちが遊んでいる
知られていなかったものが見出され
きみとぼくの未来が開けてくる
ぼくらはふたたびさまざまな土地を訪れて
新しい思い出をつくるだろう
いのちは記憶の中でくり返されるのだから

未知の女

きみが花いちもんめで遊んでいた頃を
ぼくは知らない
きみが利発な図書委員で活躍していた頃も
ぼくは知らない
出会ってから五十五年間きみを知っていたが
先日きみの墓を訪れた男の人が誰なのか
ぼくは知らない
ぼくはほとんどきみのことを知っている
きみとぼくはほとんどつねにともに生きた

それなのにぼくの知らないことがたくさんある
けれどもぼくはきみのことを
誰よりもよく知っている
きみもぼくのことを
誰よりもよく知っている
自分の知らないことがたくさんあるのに
不安にならないのはなぜだろう
誰も知らないぼくたちがたくさんいて
きみとぼくが変化してつねに豊かになるからだ
ぼくたちは手を取り合ってこっそり頬笑む
南仏の海を見おろす広やかな丘の上で
ニンフとバッカスとなり飛び回ったことを
誰も知らない
「そんなこと言ってはだめよ

私たちだけの秘密でしょう」
けれどもそれは隠すべき秘密ではなく
明かるい神秘だ
ぼくたちには自分の知らない自分がたくさんいて
こっそり頬笑んで
変化して
いっそう豊かになり
自分たちの知らないことをよろこぶだろう

『椿姫』に寄せて

『椿姫』をひとりで観た
きみとふたりで観てから十年が経っていた
「『椿姫』の後ではもう何もできない」と
ファスビンダーの言っていたことを思い出す
愛の記憶は比較を絶した孤峰なのだ
きみとの愛の後ではもう何もできず
ぼくはヤクザでやわな詩を書き散らしている
死の直前に目を見交わしたとき
ぼくは何も言えなかった

きみも何も言わなかった
何を言うことができただろう
ヴィオレッタの後にはもう誰もいない
きみの後にはもう誰もいない
千万語を費やしても何も言えない
悲しみで窒息するからではなく
純粋で透明な歓びが言葉を失わせるからだ
きみがぼくを愛したほどに
ぼくはきみを愛しえないにせよ
きみがぼくを愛したように
ぼくはきみを愛しただろうか
きみにはきみの愛し方がふさわしかった
ぼくの愛し方はきみにふさわしかっただろうか
ふさわしい愛など地上では不可能ならば

この世を離れて愛し合うしかないだろう
それでもぼくは信じている
地上で可能な限りきみと愛し合ったことを

＊注　「ファスビンダー」（一九四二―一九八二）はニュージャーマンシネマの旗手。よく知られた作品に『マリア・ブラウンの結婚』（一九七九年）がある。この発言については、ヴォルフガング・リマー『R・W・ファスビンダー』（欧日協会）および拙論「ファスビンダーと生の単純な力」（『近代の映像』青弓社、所収）を参照して下さい。
「ヴィオレッタ」は『椿姫』のヒロイン。

きみの家

きみと一緒に旅に出て
きみの家に帰ってきた
ぼくはきみの家をしか知らない
ぼくはきみの世界をしか知らない
ぼくはたくさんのことを学んだが
知らないことがたくさんあり
学び足らないことがたくさんあった
時間がまるで足りなかった
けれどもいま時は永遠と結び合い

至るところにあるきみの家に
語らいの場が見出される
ぼくらはそこで精一杯
旅に出るまえに話し合おう
世界がふたたび息づいて
転生の重ねられる時が来るだろう

ドアの開け方

開けるべきドアが見当たらないときに
どうしてドアを開ける方法がわかるのだろう
愛すべきひとがいないときに
どうして愛することがわかるのだろう
きみは見えないドアを開けて入ってきた
きみが入ってきてもきみは見えない
見えないドアをどのようにして開けたのだろう
見えないきみをどのようにして愛せばいいのだろう
けれども心配はいらないときみは言う

きみがぼくを見つけると言う
それは知識の問題ではなく
意志の問題なのだろうか
「いいえ、ちがうの」ときみは答える
「それは愛の問題なの」
愛が目には見えないかたちを与えるので
ひとは開け方を知らずにドアを開け
愛するひとをすでに見つけ出しているのだろう

生の意味

何もすることがないと死にそうだ
することは何でもいい
することがないと世界は虚しい
きみのベッドは空っぽだ
きみの思い出だけがそこにある
きみの声が虚空に響く
隣の部屋で木の軋む音がする
きみがドアの蔭からあらわれそうだ
それは何のふしぎもないことだ

ぼくの死ぬのがふしぎでないように
空ばかりを見上げてはいけない
川の流ればかりに見入ってはいけない
なかぞらの雲の動きも谷川の水の流れも
いのちの世界の虚しい美を告げている
「わたし死んでもいいわ」ときみは言った
「ぼくを置いて?」とは聞けなかった
きみはじゅうぶんに生きたと言った
ぼくもきみの思い出とじゅうぶんに生きた
意味は何かの終わった後にあらわれる
五〇億年後に地球が太陽にのみ込まれ
それ以前に宇宙線に焼き尽くされ
人の住んでいた意味があらわれるとき
いったいどこの誰が

どこのどんな生物が
その意味を汲みとることができるだろうか
娘たちがあんなに無邪気に踊り
息子たちがあんなに興奮して挑むのは
意味などが気にかけていないからだ
何もすることがないと死にそうだ
することは何でもいい
何もすることがないと世界は虚しい
きみのベッドは空っぽだ
きみの思い出だけがそこにある
死ねばぼくらは同じ世界の外へ出てゆく
いのちの意味が汲みとられるのはそのときだ

喪失の体験

きみは不滅の女なのに逝ってしまった
きみといることがぼくの生きることなのに
ぼくはひとりで生きている
帰るところはきみの家しかないというのに
ぼくはきみのいない家へ帰る
愛する人はきみしかおらず
きみといることが愛なのに
そんな簡単なことが許されない
雨が降り

川が流れ
雲が浮かび
鳥が啼くのに
生きることが自然なきみは世を去った
どこへ行ったのか場所も教えず
頬笑みを浮かべただけで
ぼくに心の準備もさせず
置いてきぼりにしていった
きみはぼくの生きる理由そのものだった
ぼくが一人で生きるほど強いなどと
どうして誤解したのだろう
懐かしむことがこんなに辛いと
どうして教えてくれなかったのだろう
いや　それはちがうのだ

きみは不滅の女だからこそ去ったのだ
地上に残された者の喪失の体験は
束の間の愕きであるにすぎない

ひとつの愛

いつのことだったろうか恋人時代
きみはぼくに言ったことがある
「愛していない人とどうして
結婚生活ができるのかしら」
きみが逝ってぼくは思う
愛している人がいなくて
どうして生きることができるのか
愛はひとりの人を選ぶ
すべての人を愛することは不可能だ

人は現世でひとつの時と場に生きている
目の前に見えているのは
一茎の草花であり
一本の樹木であり
視線は一点に結ぶのだ
すべてを同様には注視できない
それではすべてが茫漠となる
すべての人を同じようには愛せない
それでは愛が漠然となる
人間は有限であり神ではなく
神に代わってすべての人を平等には愛せない
すべての人を憎むことができないように
目の前の一茎の草花を愛でるように
いとおしむのはひとりの人間であるほかはない

きみはぼくのいとおしい人だった
きみなしでぼくが生きているのはふしぎだが
ひとつの愛がきみから放たれ
ぼくを注視して生かしているのだろう

蝶の越冬

越冬する蝶がいるそうだ
さなぎではなく成虫で冬を越すという
枯れ草のあいだや家の隙間にもぐり込んで
ぶる下がってじっとして
体液を凍らないグリセリンに変えるそうだ
隠れていて自分を変えて
生き延びて春を迎えるのだ
変わらない自分を変わる自分にするのだが
物質を変えるだけで

心は変わらない自分でいるのだ
それだからこそ蝶は春
軽やかに天を飛び
地上の花々と仲がよい

発見と探求

きみをすでに見つけていなかったら
ぼくはきみを探しはしなかった
きみの存在はだれの配慮でも計略でもなく
素晴らしい偶然の贈り物だった
ぼくはきみを南の島へ連れていかず
安アパートや貸家に住まわせた
その代わりにたくさんの話をした
世界のすべてを知りようはなかったけれど
それはぼくらにとってすべての世界の話だった

ぼくらはそこでたくさんのものを見出した
その後きみが自分の家に住んだのは
ぼくらが一緒になって二十年も経ってのことだ
そこがぼくらの最初で最後の家であり
そこでぼくらはこの世を生き
生きることの価値を見出した
ぼくは詩を書いているのではない
きみを身近に感じていたいだけだ
ぼくは今になってきみを探しにゆく
きみをすでに見つけていなかったら
探しはしないというのは本当だが
過去にしか探し求めるものがないと知る者は
不幸な者というべきだ
それはきみの教えにも反している

だからぼくは
きみもぼくも知らないきみを
きみの記憶によって創ろうと思う
それがきみとあたらしく生きる道だ
それがきみとぼくの発見と探求の道だ

どうだんつつじ

ぼくは今日お墓に満天星を植えた
きみはそのことを知っていた
それがこんな字を書いて
ぼくがその字を喜ぶことを
きみはすでに知っていた
満天星の灯台が
星空に返事をしていた夏の夜に
農家の垣根の横を歩いて
きみはその花の名をぼくに教えた

白い小さな灯台を無数につけた満天星は
ひとつひとつが星であり
ひとつひとつが心であり
ぼくらは静かに話をした
明日ぼくはお墓の満天星を見に行くだろう
昼の光のなかに隠れた星々と
満天星の白い花は
静かに会話をしているだろう

＊注　「どうだんつつじ」は灯台躑躅とも書き、「どうだん」は「とうだい（灯台）」の変化した語とも言われる。春、若葉とともに白い壺形の多数の花を下向きにつけ、秋、美しく紅葉する。

お茶とキスの話

みんみん　家に帰って　お茶を飲もう
そうね　ぼうぼう　飲みましょう
ぼうぼうが淹れてくれるお茶　おいしいわ
ぼうぼうと一緒に飲むの　好きよ
みんみん　ぼうぼうも　みんみんにお茶を淹れて
一緒の飲むのが　とても好きだ
ぼくが淹れて　家で一緒に飲むのが一番だけど
どこかへ出かけて　景色のよい静かな所で
みんみんと飲むのも　好きだ

ぼうぼう　わたしたちって
なんてたくさんのところへ行ったのでしょう
いつもふたりでお話をして　手をつないで
いつもふたりの時間を作って　楽しかったわ
ぼうぼうったら　どこへ行っても
誰もいないところへ行くと
きょろきょろっとあたりを見回して
すぐにキスしたがる変な人ね
そんなにキスをしたければ
なにもまわりを気にしないで
家でいくらでもできるじゃない
ばかだなあ　いろんなところで
こっそりキスするのがいいんじゃないか
おばかさんなのは　ぼうぼうよ

それで刺激を求めるなんて
だけど　みんみん
誰もいないところでキスをせがむと
みんみんはいつだって　笑いながら
ちゃんとキスしてくれるじゃないか
だってぼうぼう　可笑しくって
こどもみたいで　かわいいんですもの
それにわたしも　ぼうぼうと
いつだって抱きあって
キスするのが好きなんですもの
ああ　みんみん　そんなことを言うと
ここでもキスをしたくなるけれど
家に帰って　ぼくがきみのために
一番おいしいお茶を淹れてから　キスしよう

ぼうぼう　こうして散歩も楽しいけれど
家に帰って　お茶を飲むのも楽しいわ
ああ　みんみん
ぼうぼうは　またみんみんと
お茶を飲んで　話をして
顔を見合わせて　手を握って
抱きあってキスしたい
なんのためでもなく　ただそうしたい
ぼうぼう　それってもう病気だけれど
そんな恋の病気なら　大賛成よ
そんなことを　みんみん
ぼくらは三年前　フランスを旅した時にも言って
フロラックの公園で　きみとキスした
いまぼくは　こころのなかで　一人二役で

そんなばかな話を交わしながら
いつもの散歩道をひとりで歩いて下りている

＊注　「フロラック」はフランス中南部・ロゼール県の片田舎の町。

感応

耳には聞こえないきみの声が
部屋の内部を満たしていて
ぼくにはきみの声以外に何も聞こえない
眼には見えないきみの姿が
庭の中を歩き回っていて
ぼくにはきみの姿以外に何も見えない
手には触れえないきみの体が
ベッドのマットを軽く凹ませていて
ぼくにはきみの体以外に何も触れえない

脳には残らないきみの笑みが
いたるところに光を投げ掛けていて
ぼくにはきみの記憶以外に何も蘇らない
こうしてきみはぼくだけのものとなり
ぼくと交信して空虚を満たし
ぼくにはきみの魂以外に何も信じられない

束の間の花

五十五年も幸せでいて
それが一瞬であったとは
いったいどういうことだろう
五十五年も現実に生きて
それが夢のようだとは
いったいなんのことだろう
五十五年の質素な時が
あれほど贅沢であったとは
いったい誰のいたずらであるのだろう
きみが愛にあふれて優雅なのを

ぼくだけが知っているとは
いったいどんな奇蹟によるのだろう
一度かぎりのぼくらのいのちが
あれほど歓びにあふれていたのは
あとで誰を苦しめるためなのだろう
五十五年もこころを合わせて
きみが先に逝ったのなら
殺したのがぼくでなくて誰だろう
いまぼくは虚空のなかで歌をうたう
そこに投げ入れられた詞の花は
ぼくらの歩いた赤茶けた岩山を
黄色い大地を
浅葱の野を
それなりに飾ってくれるだろうか

いまぼくが旅をして

いまぼくが旅をして
飛行機から降りると
きみが出口で迎えてくれる
いまぼくがホテルへ着くと
きみがすでに予約してくれている
いまぼくが公園の散歩に行くと
きみがマロニエの木蔭のベンチに座って
ぼくをふり返って笑ってくれる
「どうしたの？

すこし遅かったのね
でもここは景色が良くて
涼しくて
子どもが玩具の舟を浮かべていて
見ているだけで愉しかったの」
パリ・リュクサンブール公園の泉水だ
昔ぼくらがそうして遊び
ぼくらの子どももそうして遊んだ
子どものいない若い頃は手をつなぎ
涼しい木蔭を散歩した
子どもが大きくなり二人になっても
手をつないで散歩した
木蔭でこっそりキスをして
きみにちょっぴり笑われた

いまぼくがそうした昔の土地を訪れて
きみが先に行って待っていても
なんのふしぎもないだろう
ぼくが先に行っていてもいい
きみはすこし遅れてやって来て
「お待ちどうさま
すこし遅れてごめんね
明るくて気持ちのいいところね
本を読んでいたの？
おもしろかったら
今度わたしにも読ませてね」と
いつものように
爽やかにやさしく笑って
ぼくの傍らに坐るのだ

約束

きみの歩いていた町を
きみと歩いていた町を
ぼくはひとりで歩いている
さっきまで降っていた雨はやみ
生暖かい風が吹いてきた
ペンキ屋さんが時計屋さんのシャッターの
剥げ落ちた店の名前を書き直している
銀行から買い物袋を手にしたおばさんが
空を見あげて忙しそうに飛び出した

道の反対側の空き地から
谷間越しにぼくたちの墓地が見える
茂りすぎた桜のせいで
墓は隠れてしまっている
でも秋になれば葉が落ちて
町ゆく人から遠望できる
今日ぼくは墓参りに行かなかった
午後急いで山小屋から帰ってきて
すぐに都会で旧友と会う用事があった
明日はいつものように二度行こう
旧友のことを報告しよう
町をこうして歩いていると
きみと歩いたことを思い出す
きみが曲がり角から急に顔を出して

「あら、どうしたの
家で留守番かと思っていたわ」と
ぼくを見てびっくりしても自然なのだ
「ひとりでは淋しくて
会えると思って出てきたよ」と
きみに甘えても自然なのだ
きみはぼくの母であり恋人なのだ
けれども何度も起こったそのことが
けっして起こらないことをぼくは知っている
ぼくはこころの中で話をして
墓の方を見て約束する
それがもう現実には起こらなくても
ぼくらの間では起こったのだ
ぼくはきみの歩いていたこの町を

きみと歩いていたこの町を
駅に向かって急ぎながら
明日はゆっくり話をしようと約束する

報告1

みんみん
ぼくらの墓を造ってから
どんな散歩をしているか報告するよ
家を出てまず川へと坂を下る
これはいつもと同じだが
この辺の人たちも年を取った
でも　みんみん
上のSさんは元気だよ
川に突き当たったら左へ折れる

ずっとまえHさんのいた角の家は
あれから二代借り手が替わり
いまは別の人が住んでいる
流れに沿って佳月橋まで木蔭を歩く
このあたりの自然は変わらない
橋の袂の切り倒されたハリエンジュも
立派に再生して花をつけた
今年の春は急速に進展し
五月の連休前にその花をゆがいて
三杯酢にして娘と食べた
あんなに綺麗でおいしいのに
ほかの人が手を出さないのは不思議だね
佳月橋のコンクリートの無様さと
秋川の透明な流れは変わらない

橋を渡ってまっすぐ歩き
S字に登る坂も変わらない
けれども坂の上を右に行った四つ辻の
枇杷の葉温灸の葉を取った枇杷の木は
半分に切られてひどい形になっている
その角を左に曲がり
娘の友人の家の前をゆっくり登る
家の人がぼくのことを
というよりはきみのことを憶えていて
このあいだはこごみをくれた
その野菜スタンドで採れ立ての野菜を時々買い
山側の小道へ斜めの階段を踏んで登ってゆく
山と畑のあいだの誰もいない野の道だ
十五年も前に死んだエイラと

ここで追いかけっこをした野の道だ
畑と藪のあいだを身を屈めて通り抜けると
左に開けた空間に川の向こうの町が広がっている
若い家族向きの住宅がいくつも建った
古い家々はリニューアルか廃屋だ
けれどもそうして建て込んだ町並みよりも
隣の町へつづくひろやかな丘陵や
ふたりで登った金比羅山の山並みや
流れる雲のかたちを目で追って
「みんみん、いい景色だね」と話しかけ
山裾に切り開かれた墓地へぼくは向かう
途中の畑でおばさんが働いている
墓へ毎日通うあいだに新しく知り合って
何度か作物をいただいた

畑のまわりはこの数日で春が一気に進んで
梅・桜・しだれ桃・ユキヤナギ・菜の花・野良坊
ライラック・花だいこん・ひなげし・デイジー
つつじ・シャクナゲ・グラジオラス・矢車草・こでまり・・・
数え切れないほどの花々が
名も知れない野の花と入り乱れて
次から次へと咲いている
そんな野の花をぼくは摘んで
あるいは家で摘んだ鈴蘭や紫蘭を手に持って
段々になった墓地を登ってゆく
家に一日中ひとりのときは三度
外出する日でも一度は来る
階段の一番奥の左手前の自然石がぼくらの墓だ
「さあ、みんみん

ぼくたちふたりの墓へ来たよ」と声をかけ
掃除をし
萎れた花を取り替えて水をやり
線香を玉石の間に立ててお参りする
それが終わるとふり返って
二十七年住んだせせこましい町並みの上の大空に
「みんみん、いい景色だね」とくり返し
静かな時をしばらく過ごす
風が林の梢を渡り
鶯の声が伝わってくる
墓の縁石に腰を下ろし
持ってきた新聞を開いて読み
記事の内容をきみと話し
ときにはここで弁当を食べる

そんなふたりだけの時間を過ごすのだ

＊注　「ハリエンジュ」はニセアカシアの別名。
「こごみ」はクサソテツの別名で、特に若芽をいう。
「野良坊」は西多摩地方に伝わるナタネ科の救荒作物。

報告2

みんみん
帰り道はこんなふうだ
明るく白い墓石の後ろへ回って
頭を撫でるようにクルクルして
彫られた文字を手でさすり
「みんみん、おうちへ帰ろう
今度また一緒に来よう」とぼくは言う
それから寺へ寄る
墓を造る前にいつも来ていた散歩コースだ

誰も通らない裏道をきみと最後に歩いたのは
おととしの夏のことだ
池のまわりに群生するシャガが
今年はとりわけ見事に咲いている
その可憐さにぼくは初めて気がついた
檜皮葺の本堂と二本の大銀杏
かや葺き寄棟造の山門と静かな境内
この寺の落ち着きは変わらない
緑に包まれた山裾の参道を
「ここはいつでも気持ちがいいね」と
きみと話しながら川に向かって下りてゆく
木の葉隠れに集落と畑が透けて見える
川を挟んだ向こうの丘には古い社
流れを下った遠くには旧町民グラウンド

参道を下りきる手前のところで
ぼくは土手の小道をよじ登り
きみといつもしていたように
丘の上の小公園で鉄棒にぶら下がる
谷側と山側の両方を向いて二度
赤い夕陽や蒼い眸のような新月を見たり
頭上の桜の大木の枝の広がりを辿ったり
きみと会話をしながら
誰もいない公園でしばらく遊ぶ
滑り台が新しく設置された
きみとふたりなら滑るだろう
それから後はいつものとおり
下流にある小和田の橋を渡り
川沿いの花木を見ながら家までの道を辿ってゆく

小和田橋は改修されてきれいになった
佳月橋が木造に改められて
昔の風情を取り返すのはいつのことだろう
家に帰るとドアを開け
「みんみん、ただいま
一緒に行ってきたよ」とぼくは言う
それから西空に開けた庭に出て
柿の若葉に向かって木刀を百回ふる
マロニエの白い花が空中に浮き出して
たそがれの中に動くきみの存在を教えてくれる

＊注　「シャガ」はアヤメ科の多年草で、湿った日蔭の山林の斜面などに群生し、初夏、黄色い斑点のある淡紫色の花を十個内外つける。

報告3

みんみん
山小屋の庭先にたくさん生えたタンポポは
真っ白の根が十センチもあったけれど
砂地のせいでスッと抜けた
夢中で草むしりをしていると
コツンと鋭く硬い音がして
色鮮やかな青い小鳥が窓ガラスに衝突して
ベランダに墜ちていた
野鳥の本で調べてみたらオオルリだった

庭に小さな穴を掘って墓にしようと
細い脚を縮めて死んだオオルリを
手の平に乗せみたら
いのちの抜けた羽毛だけの軽さだった
なんだか茫然として
一人で夕方の散歩をしたら
疲れて頭痛がして早寝をした
明け方に目を一度覚ましたら
昔ヴィシーにぼくたちを訪ねに来た友人から
メールが枕元に届いていて
読んだらなんだかとてもおなかが空いた
仕方がなくまた寝たら
秋になって温泉の出る湖畔の町で
キノコ御膳を食べながら

昔話に興じる夢をきみと見ていた
みんみん　二人で
ときには娘や友人たちと一緒に
また愉しく旅をしよう

＊注　「ヴィシー」はフランス中部アリエ県の温泉町。
「キノコ御膳」の出る湖畔の町とは長野県諏訪のこと。

あとがき

これは亡き妻に捧げる私の四番目の詩集です。このところずっと、いまではもう手に取る人も少ないチェーホフとカロッサばかり読んでいました。この二人は（まったく違ったタイプのように見えますが共に心の温かい）医者でした。私は子どもの時から医者嫌い、というより医者が恐かったのですが、妻の高校時代の友人にはお医者さんが何人もいて、妻も私と出会わなかったなら医者になっていたかも知れません。けれども私はかつて、妻が昔風の博物学者、本草学者になるといいなと思ったことがありました。

そうした何だか分からないことと、この詩集とがどういう関係にあるのか、自分にもよく分かりません。もっともらしく掲げたエピグラフとの関係も（それを詩の中で実際に使った理由も）、よく分かりません。ただし、功利的であることばかり気にかけて「エビデンス、エビデンス」と騒いでいる世相に反発して、こんな時代遅れで取り得のない詩を書いたことは確かです。この詩集でもまた、どうして「亡き」と付けなければならないのかと思いながら、妻の不在が納得できないままに、すべての詩を彼女とふたたび生きるために書きました。烏滸がましくも「不滅の女」と題しました。しかし、そのつど気持ちが揺れて、行きつ戻りつ。詩集全体の構成は考えずに、揺れのまま、書いた順番に並べました。
なお、この「あとがき」は、日付をこの日にしたくて、全部の詩の推敲以前に書きました（「あとがき」から読む人がいるように、それを先に書いてしまうこともあるのです）。こう言うと推敲を充分にしたようですが、完成をグズグズ引き伸ばして、かえって未完成でゴタゴタになっただけの話でしょう。歳月が瞬く間に過ぎるのを惜しんでいると、こんなことになるのかもしれません。

二〇一八年二月四日
光枝の一周忌にして立春

原章二

原　章二

一九四六年生まれ。早稲田大学名誉教授、パリ大学博士（哲学）。著書に『加藤一雄の墓』（筑摩書房）『いのちの美学』（学陽書房）『人は草である』（彩流社）など、訳書にベルクソン／フロイト『笑い／不気味なもの』（平凡社ライブラリー）、フォシヨン『ピエロ・デッラ・フランチェスカ』（白水社）、ジャンケレヴィッチ『死とはなにか』（青弓社）など、詩集に『喪服』『こころの底荷』『千人のきみ』（いずれも七月堂）がある。

現住所　〒一九〇―〇一六五　東京都あきる野市小中野一〇一―一

不滅の女

二〇一八年六月六日　発行

著　者　原　章二

発行者　知念　明子

発行所　七　月　堂

〒一五六—〇〇四三　東京都世田谷区松原二—二六—六
電話　〇三—三三二五—五七一七
FAX　〇三—三三二五—五七三一

印　刷　タイヨー美術印刷

製　本　井関製本

Printed in Japan
ISBN 978-4-87944-326-7　C0092
乱丁本・落丁本はお取り替えいたします。